たべもののおはなし● パン

ねこの町《まち》のリリアのパン

小手鞠るい 作
くまあやこ 絵

講談社

「ジョンソンさん、こんにちは」

「ジョンソンさん、あそぼうよ」

げんかんのほうから、元気《げんき》な声《こえ》が聞《き》こえてきました。

「やれやれ……こまったな……」

だんろの前《まえ》のソファーにすわって、朝《あさ》からずっと、ぼんやりしていたジョンソンさんは、のろのろと立《た》ちあがって、げんかんまで行《い》くと、ドアをあけました。

「こんにちは！　外《そと》はとってもいいお天気《てんき》だよ」

「野原《のはら》で、ボールあそびをしようよ！」

二ひきのねこたちが、目《め》をきらきらさせて、ジョンソンさんを見《み》あげています。

犬《いぬ》の村《むら》のとなりにある、ねこの町《まち》にすんでいる、ふたごのきょうだいです。

男《おとこ》の子《こ》のなまえはレオ。女《おんな》の子《こ》のなまえはルル。

ふたりは、ジョンソンさんといっしょにあそぶのが大《だい》すきで、こうしてときどき、遠《とお》くから、ジョンソンさんの家《いえ》をたずねてくるのです。

いつもなら「よしあそぼう」と答《こた》えて、ボールを手《て》にするジョンソンさんでしたが、きょうはなんだか、ようすがちがいます。

「ごめんね、ぼくはきょう、ちょっとつかれていてね。きみたちといっしょに、あそぶことができないんだ。わるいんだけど、またべつの日《ひ》にでも……」

ジョンソンさんの声《こえ》はよわよわしくて、いまにも消《き》えてしまいそうです。

レオとルルは、びっくりしました。

いままでに、こんなことはいちどもなかったし、声《こえ》だけではなくて、ジョンソンさんの顔《かお》つきも、すがたも、まるでゆうれいのように見《み》えたからです。

「どうしたの？　びょうきになったの？」

ルルがたずねると、ジョンソンさんは力《ちから》なく、首《くび》をよこにふりました。

「なにか、しんぱいなことでもあるの？」

レオがたずねると、ジョンソンさんはやっぱり、首《くび》をよこにふります。

「ぼくはびょうきじゃないし、しんぱいなこともないんだけ

ど、ただきょうはしずかに、ひとりきりで……」

ひとりきり。

そのことばを耳《みみ》にして、ルルは、はっとしました。

いつもだったら、こんなとき、

「あら、いらっしゃい。よく来《き》てくれたわね、かわいらしいねこちゃんたち。野原《のはら》へあそびに行《い》く前《まえ》に、わたしといっしょにビスケットを食《た》べない？　あたたかいミルクもごよういするわ。それとも、絵本《えほん》を読《よ》んでさしあげましょうか」

と、やさしい声《こえ》をかけてくれる、ジョンソンさんのおくさんのヘレンさんのすがたが、どこにもありません。

家《いえ》のなかは、しずまりかえっています。

「あの、ジョンソンさん、ヘレンさんは?」

ルルとおなじことを考《かんが》えていたレオは、思《おも》わず、そうたずねました。

すると、どうしたことでしょう。

だまって、うつむいてしまったジョンソンさんの両目《りょうめ》から、なみだがぽたぽたぽたぽた、こぼれおちてくるではありませんか。

大《おお》つぶの雨《あめ》みたいななみだを目《め》にして、レオとルルは、ジョンソンさんがなぜ、ゆうれいのようになってしまったのか、そのわけに気《き》づきました。

少《すこ》し前《まえ》から、びょうきにかかっていたヘレンさんがなくなってしまい、今朝《けさ》、おそうしきをすませたジョンソンさんは、とうとうひとりぼっちになってしまっていたのです。

ジョンソンさんと、おくさんのヘレンさんは、わかいころから、それはそれは長《なが》いあいだ、なかよくくらしてきました。家《いえ》のなかには、明《あか》るいわらい声《ごえ》がみちていました。ふたりは毎日《まいにち》、おいしいごはんを食《た》べ、楽《たの》しいことやおもしろいことをいっしょにして、それはそれはしあわせにくらしてきたのです。

愛《あい》するおくさんに、ジョンソンさんは今朝《けさ》「さようなら」を言《い》わなくてはなりませんでした。むねがまっぷたつに割《わ》れてしまいそうなほど、それはつらいことでした。

「ジョンソンさん、元気《げんき》を出《だ》してね。またあそびにくるから」

「元気《げんき》になったら、またいっしょにあそぼうね」

ルルとレオはかわるがわる、ジョンソンさんに声《こえ》をかけて、去《さ》っていきました。

その夜《よる》のことです。

ベッドに入《はい》ったものの、ジョンソンさんは、なかなかねむりにつくことができません。

思《おも》いだすのは、ヘレンさんのことばかりです。

あんなこともあった。こんなこともあった。

思《おも》いだすと、かなしくなるので、なるべく思《おも》いだすまいとするのですが、それでもどうしても思《おも》いだしてしまいます。

あのときは楽《たの》しかった。あのときはうれしかった。

思《おも》いだせば、思《おも》いだすほど、さびしくなります。心《こころ》は、いまにも切《き》れてしまいそうな、細《ほそ》い糸《いと》のようです。

こんなにもかなしい気《き》もちをかかえて、これからどうやって、生《い》きていったらいいのだろう。

ねむれないまま、ぐるぐるぐるぐる、ねがえりばかり打《う》っているジョンソンさんの耳《みみ》に、だれかがまどをコツコツと、たたいたような音《おと》が聞《き》こえました。

もしかしたら、ヘレンが、天国《てんごく》からもどってきてくれたのだろうか。

あわててベッドからとびだしてみましたが、すぐに「ちがう」と気《き》がつきました。風《かぜ》にゆれた木《き》の枝《えだ》がまどにあたって、音《おと》を立《た》てていただけだったのです。

死《し》んでしまったヘレンがこの世《よ》にもどってくるなんて、ありえない。

そう思《おも》うと、その場《ば》にうずくまって、大声《おおごえ》でなきたくなりました。

夜《よる》のやみよりもまっくらな気《き》もちをかかえて、ベッドにもどろうとしたとき、ジョンソンさんの目《め》に、とびこんできたものがありました。

おや？　あれは、なんだろう。

見《み》ると、げんかんのドアの下《した》から家《いえ》のなかに、一まいの紙《かみ》きれが、さしいれられているではありませんか。手紙《てがみ》なら、

ゆうびん受《う》けにとどくはずです。
いったいだれが、いつ、こんなものを？

ジョンソンさんはしゃがんで、一まいの紙《かみ》きれをとりあげると、手《て》のひらの上《うえ》にのせて、そこに書《か》かれている文章《ぶんしょう》を読《よ》んでみました。

しんせつなジョンソンさんへ
いつもわたしの子《こ》どもたちといっしょに
あそんでくださって、ありがとうございます。
あなたはきっと、おなかがすいているでしょう。
よかったら、わたしの家《いえ》にいらっしゃいませんか？
やきたてのパンをごちそうします。
できれば朝早《あさはや》く、あたりがまだ暗《くら》いうちに
ひとりでいらしてください。
それでは、おまちしております。

ねこの町《まち》のリリアより

ジョンソンさんは紙《かみ》きれを手《て》にしたまま、しばらくのあいだ、文字《もじ》を見《み》つめていました。

ねこの町《まち》のリリアさんには、いちども会《あ》ったことがありません。

だけど「わたしの子《こ》どもたち」と書《か》かれているのだから、きっと、ふたごのねこたちのおかあさんなのだろうと、ジョンソンさんは思《おも》いました。

あの子《こ》たちは、おかあさんにたのまれて、わざわざ、この手紙《てがみ》をとどけに来《き》てくれたのか。ぼくが元気《げんき》じゃなかったことをしんぱいして――。

行《い》ってみよう。

ぐるるっ、と、おなかがなりました。

おくさんのヘレンさんがなくなってからずっと、ジョンソンさんはなにも食《た》べていなかったのです。

かべの時計《とけい》に目《め》をやると、夜中《よなか》の三時《じ》。いま家《いえ》を出《で》れば、「まだ暗《くら》いうちに」ねこの町《まち》につくことができます。

パジャマをぬいで、お出《で》かけ用《よう》の服《ふく》にきがえました。シャツにはネクタイをむすんで、お気《き》に入《い》りのぼうしをかぶって、外《そと》へ出《で》ました。そして、ねこの町《まち》をめざして、歩《ある》きはじめました。

ねこの町《まち》の入《い》り口《ぐち》の近《ちか》くまで来《き》たとき、ジョンソンさんは
とつぜん、立《た》ちどまってしまいました。

どうしよう、ぼくには、リリアさんの家《いえ》のある場所《ばしょ》がわからない。

あわててポケットに手《て》をつっこんで、さっきの紙《かみ》きれをとりだすと、もういちど、すみからすみまで見《み》てみました。もちろん、うらがわも。

リリアさんの家《いえ》までの行《い》きかたは、どこにも書《か》かれていません。

どうやって、さがせばいいのでしょう。広《ひろ》いねこの町《まち》で、地図《ちず》もないのに、リリアさんの家《いえ》を見《み》つけることができるでしょうか。

ためいきをつきながら、じっと手紙《てがみ》を見《み》つめていたジョンソンさんは、

「わかった！」

大《おお》きな声《こえ》をあげました。

わかったぞ。地図《ちず》なんか、なくたって、ぼくには行《い》きかたがわかる。いや、ぼくは地図《ちず》をもっているんだ。さあ、出発《しゅっぱつ》だ。

ジョンソンさんはどんどんどんどん、歩《ある》いていきました。交差点《こうさてん》があっても、まがり角《かど》があっても、まようことはありません。わかれ道《みち》に来《く》ると、右《みぎ》をむいて鼻《はな》をくんくん、左《ひだり》を

むいて鼻《はな》をくんくん。うん、こっちだ。ジョンソンさんにはちゃんと、リリアさんの家《いえ》のある方向《ほうこう》がわかるのです。

そろそろ近《ちか》づいてきたぞ。

リリアさんの家《いえ》が近《ちか》づいてくるにつれて、においも近《ちか》づいてきます。ジョンソンさんの足《あし》も、いそぎ足《あし》になります。

ああ、いいにおいだ。このにおいのするほうにむかって、歩《ある》いていけばいい。

ジョンソンさんの「地図《ちず》」とは、手紙《てがみ》についていた、パンのにおいだったのです。

ねこの町《まち》の広場《ひろば》まで来《く》ると、ジョンソンさんはまんなかに立《た》って、あたりをきょろきょろ見《み》まわしました。

リリアさんのおうちは、このへんにあるはずだ。

広場《ひろば》をとりかこむようにして、ねこたちの家《いえ》がずらりとならんでいます。

赤《あか》い三角屋根《さんかくやね》の家《いえ》、レンガづくりの家《いえ》、緑《みどり》のドアの家《いえ》。犬《いぬ》の村《むら》では見《み》かけないような、すてきなおうちばかりです。

どの家《いえ》のまどもまだ、まっくらです。

いいえ、一けんだけ、あかりのともっている家《いえ》がありました。

ああ、あそこだ。
ジョンソンさんはまっすぐに、その家《いえ》にむかって、歩《ある》いて
いきました。

石《いし》づくりのりっぱなたてものです。ドアの近《ちか》くにも、まどべにも、色《いろ》とりどりの花《はな》のバスケットがかざられています。ドアの前《まえ》に立《た》ったジョンソンさんのほっぺたに、ほほえみがうかんできました。

そうか、そうだったのか、リリアさんのおうちは、パンやさんだったのか。

リリアのパン

「ようこそ、いらっしゃい。おまちしておりました」

リリアさんはやさしいえがおで、ジョンソンさんを出《で》むかえてくれました。

むねあてとフリルのついたエプロン。しっぽと耳《みみ》には、おそろいのリボン。なんておしゃれなねこさんなんだろう。

ジョンソンさんは、目《め》を見《み》はりました。

「さあ、そこにすわってください。やきたてのパンをおもちします」

「ありがとうございます。ごちそうになります」

ジョンソンさんはおじぎをして、リリアさんのすすめてくれた、まるいテーブルの前《まえ》のいすに、こしをおろしました。

子《こ》どもたちから話《はなし》を聞《き》いて、リリアさんは、ジョンソンさんをじぶんのお店《みせ》にしょうたいしたのです。

リリアさんは、パンのことなら、なんでも知《し》っています。おいしいパンのつくりかたはもちろんのことですが、だれも知《し》らない「パンのひみつ」も知《し》っています。

一こめのパンが
はこばれてきました。
「どうぞ、めしあがれ」
ジョンソンさんは、
おさらの上《うえ》にのっている
パンに手《て》をのばしました。
三日月《みかづき》のような
形《かたち》をしています。

牛《うし》の角《つの》のようでもあります。
こんな変《か》わった形《かたち》のパン、
見《み》たことも、
食《た》べたこともありません。
犬《いぬ》の村《むら》では、
パンの形《かたち》は四角《しかく》か、
細長《ほそなが》いか、
そのどちらかなのです。

「いただきます」

ぱりっとした皮《かわ》、なかみはサクサク、かむと、バターのふうみがぱぁっと、口《くち》のなかに広《ひろ》がりました。

「これは……」

いったい、なんというなまえのパンなのだろうかと、ジョンソンさんは首《くび》をかしげました。

「それはね、クロワッサンというの」

「クロ、ワッサン……」

はじめて聞《き》くなまえです。

むちゅうで食《た》べました。

あまりにも
むちゅうになっていたので、
とちゅうでだれかが、
カフェオレのたっぷり入《はい》った
ボウルをもってきてくれた
ことにも、気《き》づくことが
できませんでした。
「カフェオレに、
ちぎったクロワッサンを
ひたして食《た》べてみて」

リリアさんが教《おし》えてくれました。

教《おそ》わったとおりにしてみると、三日月《みかづき》だったクロワッサンが、おなかのなかでふくらんで、満月《まんげつ》になったような気《き》がしました。

ジョンソンさんが食《た》べおえると、リリアさんはうれしそうに、にっこりわらいました。

「もうひとつ、いかが？」

うなずくと、リリアさんは、二こめのパンをはこんできてくれました。

「これはね、アーモンドクロワッサンなの」

三日月《みかづき》の表面《ひょうめん》には、アーモンドがぎっしり。

夜空《よぞら》にきらめく、星《ほし》くずのようです。

なかには、しっとりした
アーモンドペーストがたっぷり。

ジョンソンさんのおなかのなかは、
きらきらかがやく星空《ほしぞら》になりました。

「これは、まほうのクロワッサンだ！」

おなかに手《て》をあてて、つぶやきました。

「じゃあ、三つめのパンをおもちしましょうね」

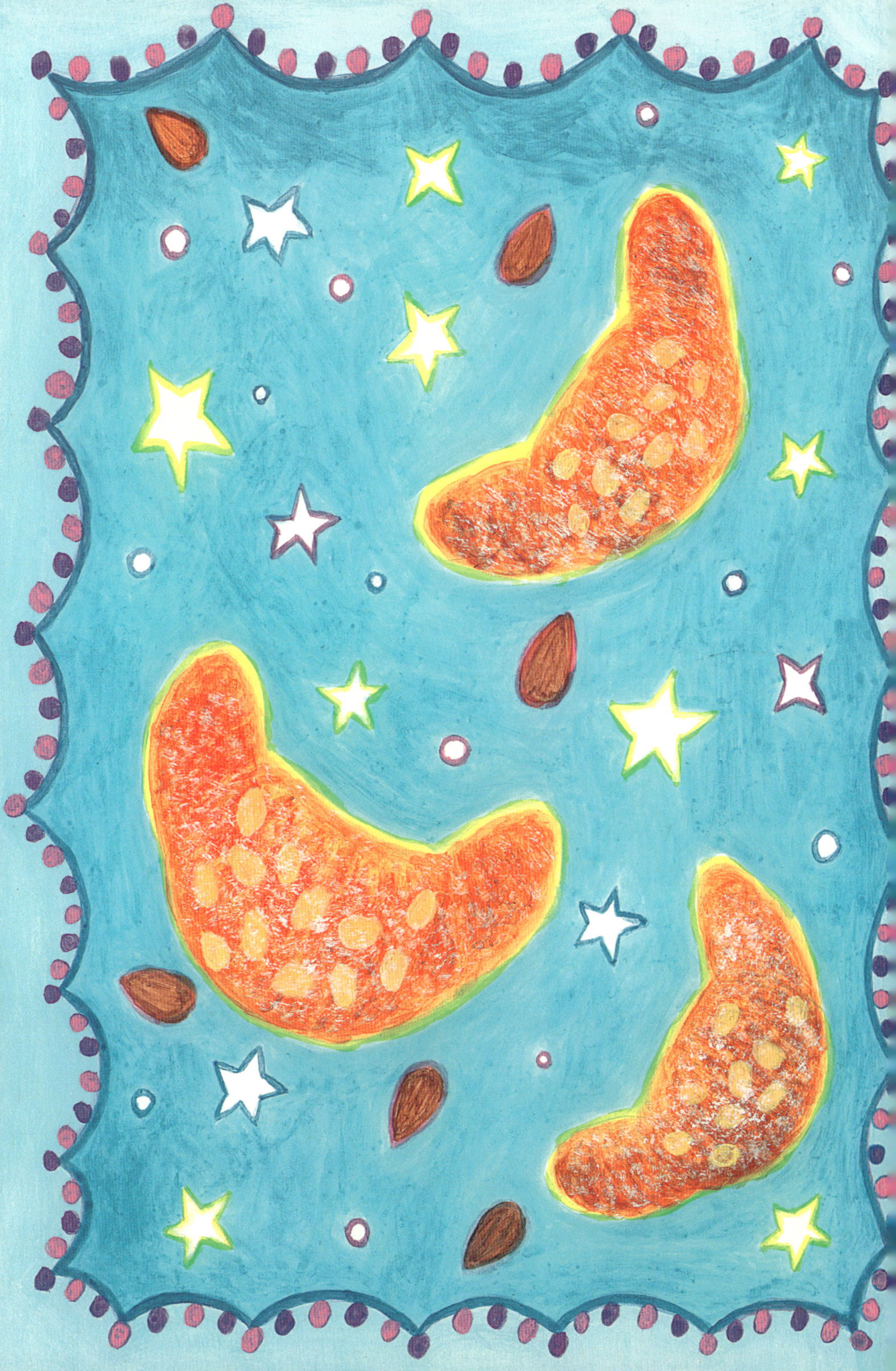

「あっ、かめさんがやってきた！」
まんまるいパンの上《うえ》に、
小《ちい》さなパンがちょこんとのっかって、
まるで、かめのせなかの上《うえ》に、
かめの赤《あか》ちゃんがのっているように
見《み》えます。
「それは、ブリオッシュというの」
つやつやとした皮《かわ》、なかみはふわふわ、
かむと、ミルクとたまごの味《あじ》がしました。
「どうかしら？　お口《くち》にあいますか？」

ジョンソンさんは返事《へんじ》をするのもわすれて、むちゅうでむしゃむしゃ。

親子《おやこ》のかめさんパンは、あっというまになくなりました。

「おいしかったです。はじめて食《た》べたのに、なつかしいような味《あじ》がして」

「四つめも、めしあがりますか？」

リリアさんがたずねます。

ジョンソンさんはうなずきます。

こんなにおいしいパン、何個《なんこ》だって、食《た》べられます。

このままずっと、食《た》べつづけていたいほどです。

リリアさんはつぎつぎに、やきたてのパンを
はこんできてくれました。
カスタードクリームの入《はい》ったデニッシュ。

「うわぁ、パンのなかにお日《ひ》さまが！」

お日《ひ》さまの外《そと》がわをかむと、さくさくっと音《おと》がしました。

まんなかの黄色《きいろ》いカスタードクリームが、あまいハーモニーをかなでます。おどりだしたくなるようなおいしさです。

「こっちは、チョコレートデニッシュよ」

カスタードクリームの上に、かわいらしいチョコレートのつぶつぶ。

あまいあまいハーモニーに、ほろ苦《にが》さがくわわりました。

デニッシュを食《た》べていると、おなかのなかでむくむく、しあわせな気《き》もちがふくらんでいきます。

フルーツやナッツのたっぷり入《はい》った、
アメリカンマフィン。
コックさんのぼうしみたいな
形《かたち》をしています。
ふわふわのぼうしのなかから
とびだしてくるのは、くるみ、
レーズン、松《まつ》の実《み》、バナナ、
オレンジ、ブルーベリー……
なにが出《で》てくるのか、
食《た》べてみるまで、

わかりません。
まるでびっくりばこみたい。
食《た》べていると、ヘレンさんと
森《もり》にさんぽに出《で》かけた日《ひ》のことが
心《こころ》にうかんできます。
めずらしい形《かたち》をした木《き》の実《み》や
葉《は》っぱを見《み》つけたときのおどろきも。
あっ、葉《は》っぱのうらがわに、
かたつむりがくっついているぞ。

シナモンロールは、巨大《きょだい》なかたつむりのうずまき。かたつむりのおうちには、まっ白《しろ》な雲《くも》みたいなアイシングがかかっています。

かむと、舌《した》がしびれそうなほどあまいのですが、

「おや?」

なんだか、神秘的《しんぴてき》な味《あじ》とかおり。まるで遠《とお》い外国《がいこく》にやってきたような気分《きぶん》です。

そうか、これがシナモンの味《あじ》なのか。

シナモンロールを食《た》べていると、なんだか、ぼうけんに出《で》かけたくなります。

かたつむりの形《かたち》をしたロケットにのって、
さあ、うちゅう旅行《りょこう》に出発《しゅっぱつ》だ。

りんごのたっぷり入《はい》った
アップルケーキには、
ホイップクリームをそえて。
バナナのかおりでいっぱいの
バナナブレッドには、
アイスクリームをそえて。
小《ちい》さな円《えん》ばんみたいな
スコーンはふたつに割《わ》って、
リリアさんのつくった
いちごジャムをのせて。

ああ、ヘレンにも
食《た》べさせてあげたい。
こんなおいしいパン、
めずらしいパン、
ヘレンにも食《た》べさせてあげたかった。
ふたりでいっしょに食《た》べたかった。

そんなことを思《おも》いながら、食《た》べているうちに、
ジョンソンさんは「あること」に気《き》づきました。
あんなこともあった。こんなこともあった。
あのときは楽《たの》しかった。あのときはうれしかった。

思《おも》いだせば、思《おも》いだすほど、さびしくなっていた気《き》もちが、いまにも切《き》れてしまいそうな細《ほそ》い糸《いと》のようだった心《こころ》が、いつのまにか、ぽかぽかと、あたたかくなってきていたのです。天国《てんごく》へ行《い》ってしまったヘレンさんの心《こころ》が、ジョンソンさんの体《からだ》のなかに、もどってきたかのようでした。

どこからともなく、ヘレンさんの声《こえ》が聞《き》こえてきます。

「あなたといっしょに、森《もり》へさんぽに出《で》かけて、いろんなはっけんをしたわね。ほんとうにとても楽《たの》しかった。あなたとくらせて、とてもしあわせだった」

ジョンソンさんも声《こえ》をかけます。

「ぼくもだよ。ぼくも、ほんとうに
とても、しあわせだった」
もちろん、ヘレンさんをなくした
かなしみは、消《き》えていません。
消《き》えてはいないのですが、むねを
つきさすようだったかなしみが、
ほんの少《すこ》しだけ、やわらかくなって
いたのです。やきたてのパンの
ようにこうばしく、ふんわりとした
ものに変《か》わってきていたのです。

リリアさんには、そのことがわかっていました。
やきたてのパンには、かなしみの形《かたち》を変《か》えることのできる、ふしぎな力《ちから》がある。
これが、リリアさんの知《し》っている「パンのひみつ」でした。
そのむかし、ご主人《しゅじん》をなくしたとき、リリアさんはこのひみつに気《き》づいたのです。

ひとつのこらず食《た》べおえて、おなかがいっぱいになったジョンソンさんは、たずねてみました。
「どうやったら、こんなおいしいパンがやけるのですか？」

「では、あなたを、ねこのパン工房《こうぼう》におつれしましょう」
リリアさんはそう言《い》って、
ジョンソンさんの手《て》をとりました。
リリアさんがお店《みせ》の
おくにあったドアを
あけたしゅんかん、
「わあっ！」
ジョンソンさんの
大《だい》かんせいが
ひびきわたりました。

こむぎをひいて、こむぎこをつくっているねこ。パンの生地《きじ》をこしらえているねこ。生地《きじ》をこねたり、発酵《はっこう》させたりしているねこ。生地《きじ》をまるめて、オーブンに入《い》れているねこ。とりだしているねこ。さいごの仕上《しあ》げをしている、ねこ、ねこ、ねこ、ねこ……こんなにたくさんのねこのパン職人《しょくにん》を目《め》にしたのは、生《う》まれてはじめてのことです。

ふたごのきょうだいのレオとルルも、お手《て》つだいをしています。

ルルは、やきあがったばかりのアーモンドクロワッサンに、こなゆきのようなこなざとうをふりかけています。

レオは、バナナブレッドにくわえる
バナナをすりつぶしています。
ジョンソンさんのむねは、
感動《かんどう》でいっぱいになっています。
みんな、こんなにも
いっしょうけんめい、心《こころ》をこめて、
あたりがまだ暗《くら》いうちから、
パンをつくっているのか。
だから、ねこさんたちのパンは、
あんなにもおいしかったんだ。

「ごちそうさまでした、ありがとうございました」
ジョンソンさんはリリアさんにお礼《れい》を言《い》って、ねこのパン

やさんをあとにしました。

「またいっしょにあそぼうね。いつでもぼくの家《いえ》をたずねておいで」

レオとルルにもそう声《こえ》をかけて。

ふたごのねこたちは、いつまでもいつまでも、手《て》をふっていました。

帰《かえ》り道《みち》の空《そら》には、ついさっき、のぼったばかりのお日《ひ》さまがかがやいていました。

青空《あおぞら》に浮《う》かんでいるまっ白《しろ》な雲《くも》は、ヘレンさんの顔《かお》にそっくりな形《かたち》をしていました。

その夜《よる》のことです。
ジョンソンさんは
えんぴつをにぎりしめて、
こりこりこりこり、
手紙《てがみ》を書《か》いています。
リリアさんに
「ありがとう」の手紙《てがみ》を
書《か》いているのでしょうか。
何《なん》まいも何《なん》まいも、書《か》いています。
ずいぶん長《なが》い手紙《てがみ》のようです。

つぎの日《ひ》の朝《あさ》、両手《りょうて》いっぱいにふうとうをかかえて、ジョンソンさんは犬《いぬ》の村《むら》のゆうびん局《きょく》をたずねました。
どうやら手紙《てがみ》は、一通《つう》ではないようです。

リリアさんのほかに、いったい、だれにあてて、そんなにもたくさんの手紙《てがみ》を書《か》いたのでしょうか。

犬《いぬ》のゆうびん局長《きょくちょう》さんは、ふうとうに切手《きって》をはる作業《さぎょう》を手《て》つだってくれました。

それから何日《なんにち》かがすぎた、ある朝《あさ》のことです。

あたりはまだ暗《くら》く、リリアのパンやさんはまだ、オープンしていません。こんな時間《じかん》にパンを買《か》いに来《く》るお客《きゃく》さんは、いません。ねこはだいたい朝《あさ》ねぼうですから。

それなのに、今朝《けさ》はなぜか、げんかんのほうがさわがしいのです。

ふしぎに思《おも》ったリリアさんは、店《みせ》のドアをあけて、外《そと》を見《み》てみました。

「まあ！　なんてことでしょう！」
店《みせ》の前《まえ》には、長《なが》い行列《ぎょうれつ》が
できているではありませんか。
見《み》たことのある顔《かお》、知《し》らない顔《かお》、
かわいらしい顔《かお》、大《おお》きな顔《かお》、
くしゃくしゃの顔《かお》、りっぱな
ひげの顔《かお》、ねぼけまなこの顔《かお》、
顔《かお》、顔《かお》……おどろいたことに、
どの顔《かお》も犬《いぬ》なのです。みんな、
手《て》に一まいの紙《かみ》をもっています。

そこには、こんなことが書《か》かれていました。

みなさんへ　じゅうようなお知《し》らせがあります。
ねこの町《まち》にある「リリアのパンやさん」へ
パンを買《か》いに行《い》きましょう。
早起《はやお》きをして、まだ暗《くら》いうちに出《で》かけること。
パンやの場所《ばしょ》は、あなたの鼻《はな》でわかるでしょう。
リリアさんのやきたてパンを食《た》べれば、
生《い》きている喜《よろこ》びが、体《からだ》じゅうにみちてきます。

ジョンソン

パンのまめちしき

パンがもっとおいしくなるオマケのおはなし

大《おお》むかしから愛《あい》されているパン

ふわふわのおいしいパン。その作《つく》り方《かた》が発見《はっけん》されたのは、なんと五千年《ねん》ほどもむかし、エジプトという国《くに》でのことだといわれています。

それは、ぐうぜんのできごとでした。

それまで、人《ひと》びとは、こねた小麦《こむぎ》を平《ひら》たくやいて食《た》べていたのですが、ある人《ひと》が、やくのをわすれて、一日《にち》ほうっておいたら、生地《きじ》がふくらんでいました。

それをやいてみたところ、ふっくらとしたおいしいパンができたのだそうです。パンをふくらませる「こうぼ菌《きん》」が、空気《くうき》の中《なか》にあって、生地《きじ》にぐうぜん入《はい》ったのです。

それからいままで、パンは世界中《せかいじゅう》の人《ひと》たちにずっと愛《あい》されています。

パンが日本《にっぽん》にやってきたのは、およそ四百五十年前《ねんまえ》の戦国時代《せんごくじだい》。武将《ぶしょう》の織田信長《おだのぶなが》も、パンを食《た》べていたそうですよ。

世界《せかい》のいろんなパン

あなたは、どんなパンが好《す》きですか？　コッペパン？　カレーパン？　サンドイッチ？　それとも、クリームやチョコレートの入《はい》った、お菓子《かし》みたいな甘《あま》いパン？

世界《せかい》には、いろいろなパンがあります。

フランスで食《た》べられている、皮《かわ》がかたくて中《なか》がふわふわのバ

ゲット、バターたっぷりさくさくのクロワッサンや、山《やま》のかたちをしたイギリスの食《しょく》パン。インドの人《ひと》たちがカレーといっしょに食《た》べる、もちもちしたナンや、イタリア料理《りょうり》のピザの生地《きじ》、アメリカで人気《にんき》のドーナツなども、パンのなかまです。

日本《にっぽん》で生《う》まれたパンの代表《だいひょう》せんしゅといえば、もちろん、まるくてあまい、あんパンですね！

※いぬやねこには、人間《にんげん》が食《た》べるパンはあげないでね。おなかをこわしてしまいます。

小手鞠るい｜こでまりるい

1956年岡山県生まれ。同志社大学法学部卒業。1981年「詩とメルヘン賞」、1993年「海燕」新人文学賞、2005年『欲しいのは、あなただけ』で島清恋愛文学賞受賞、2009年絵本『ルウとリンデン 旅とおるすばん』（北見葉胡／絵）がボローニャ国際児童図書賞を受賞。2012年『心の森』が第58回全国青少年読書感想文コンクール課題図書に選ばれる。他に『優しいライオン　やなせたかし先生からの贈り物』『アップルソング』『シナモンのおやすみ日記』など多数。

くまあやこ

1972年神奈川県生まれ。中央大学ドイツ文学専攻卒業。装画作品に『はるがいったら』（飛鳥井千砂／著）、『スイートリトルライズ』（江國香織／著）、『雲のはしご』（梨屋アリエ／著）、『世界一幸せなゴリラ、イバン』（キャサリン・アップルゲイト／著・岡田好恵／訳）、『海と山のピアノ』（いしいしんじ／著）、など。絵本に『そだててあそぼうマンゴーの絵本』（よねもとよしみ／編）『きみといっしょに』（石垣十／作）など。

装丁／望月志保（next door design）
本文 DTP ／脇田明日香
巻末コラム／編集部

たべもののおはなし　パン

ねこの町《まち》のリリアのパン

2017 年 2 月 21 日　第 1 刷発行
2017 年 8 月 23 日　第 2 刷発行

作　小手鞠《こでまり》るい
絵　くまあやこ
発行者　鈴木　哲
発行所　株式会社講談社
〒 112-8001 東京都文京区音羽 2-12-21
電話　編集 03-5395-3535　販売 03-5395-3625　業務 03-5395-3615
印刷所　豊国印刷株式会社
製本所　黒柳製本株式会社

N.D.C.913 79p 22cm
ISBN978-4-06-220439-2